U0869020

繁星·春水

冰心 著

FAN
XING
CHUN
SHUI

江苏凤凰文艺出版社
JIANGSU PHOENIX LITERATURE AND ART PUBLISHING, LTD

目录

《繁星·春水》导读

本部诗集中作品多是歌颂自然、母爱、童真、人类之爱的隽丽晶莹小诗，这些是诗人生活、感情、思想的自然酿造。冰心的童年是偎依在自然的怀抱里成长的，她纯洁的灵魂在蓝天大海和母爱中浸泡过，少女时代又经中国传统的教育和西方教会学校的深刻感化，于是母爱、人类之爱和自然之爱的爱的哲学，便得到了强化和神化，而狂风暴雨般的“五四”爱国运动和新文化运动，又使她受到一次全新意识的“政治”洗礼。东西方文化的碰撞，自然会在她的生活和思想里产生火花。

冰心的诗内容非常丰富，远非“爱的哲学”全能包容。她的这些无韵小诗有向往的，追求的，爱的，憎的，梦一般朦胧的、幻灭的，每题小诗对于不同的读者，给予的感受会因不同的经验、知识、阅历、艺术修养而不同。因此，她的诗给人的审美享受是不同的。只有真正的诗才有这样的艺术力量。

繁星

自序

一九一九年的冬夜，和弟弟冰仲围炉读泰戈尔（R. Tagore）的《迷途之鸟》（Stray Birds），冰仲和我说："你不是常说有时思想太零碎了，不容易写成篇段么？其实也可以这样地收集起来。"从那时起，我有时就记下在一个小本子里。

一九二〇年的夏日，二弟冰叔从书堆里，又翻出这小本子来。他重新看了，又写了"繁星"两个字，在第一页上。

一九二一年的秋日，小弟弟冰季说："姊姊！你这些小故事，也可以印在纸上么？"我就写下末一段，将它发表了。

是两年前零碎的思想，经过三个小孩子的鉴定。《繁星》的序言，就是这个。

冰心

一九二一年九月一日

繁星

[一]

繁星闪烁着——
深蓝的太空，
何曾听得见他们对语？
沉默中，
微光里，
他们深深地互相颂赞了。

[二]

童年呵！
是梦中的真，
是真中的梦，
是回忆时含泪的微笑。

[三]

万顷的颤动——

深黑的岛边，
月儿上来了，
生之源，
死之所！

［四］

小弟弟呵！
我灵魂中三颗光明喜乐的星。
温柔的，
无可言说的，
灵魂深处的孩子呵！

［五］

黑暗
怎样地描画呢？
心灵的深深处，
宇宙的深深处，
灿烂光中的休息处。

［六］

镜子——
对面照着，
反面觉得不自然，
不如翻转过去好。

［七］

醒着的，
只有孤愤的人罢！
听声声算命的锣儿，
敲破世人的命运。

［八］

残花缀在繁枝上；
鸟儿飞去了，
撒得落红满地——
生命也是这般的一瞥么？

[九]

梦儿是最瞒不过的呵，
清清楚楚地，
诚诚实实地，
告诉了
你自己灵魂里的密意和隐忧。

[一〇]

嫩绿的芽儿，
和青年说：
“发展你自己！”

淡白的花儿，
和青年说：
“贡献你自己！”

深红的果儿，
和青年说：
“牺牲你自己！”

[一一]

无限的神秘，
何处寻他?
微笑之后，
言语之前，
便是无限的神秘了。

[一二]

人类呵!
相爱罢，
我们都是长行的旅客，
向着同一的归宿。

[一三]

一角的城墙，
蔚蓝的天，
极目的苍茫无际——
即此便是天上——人间。

[一四]

我们都是自然的婴儿，
卧在宇宙的摇篮里。

[一五]

小孩子！
你可以进我的园，
你不要摘我的花——
看玫瑰的刺儿，
刺伤了你的手。

[一六]

青年人呵！
为着后来的回忆，
小心着意地描你现在的图画。

[一七]

我的朋友！
为什么说我“默默”呢？
世间原有些作为，
超乎语言文字以外。

[一八]

文学家呵！
着意地撒下你的种子去，
随时随地要发现你的果实。

[一九]

我的心，
孤舟似的，
穿过了起伏不定的时间的海。

［二十］

幸福的花枝，
在命运的神的手里，
寻觅着要付与完全的人。

［二一］

窗外的琴弦拨动了，
我的心呵！
怎只深深地绕在余音里？
是无限的树声，
是无限的月明。

［二二］

生离——
是朦胧的月日，
死别——
是憔悴的落花。

［二三］

心灵的灯，
在寂静中光明，
在热闹中熄灭。

［二四］

向日葵对那些未见过白莲的人，
承认他们是最好的朋友。
白莲出水了，
向日葵低下头了：
她亭亭的傲骨，
分别了自己。

［二五］

死呵！
起来颂扬它；
是沉默的终归，
是永远的安息。

[二六]

高峻的山巅，
深阔的海上——
是冰冷的心，
是热烈的泪；
可怜微小的人呵！

[二七]

诗人，
是世界幻想上最大的快乐，
也是事实中最深的失望。

[二八]

故乡的海波呵！
你那飞溅的浪花，
从前怎样一滴一滴地敲我的盘石，
现在也怎样一滴一滴地敲我的心弦。

[二九]

我的朋友，
对不住你；
我所能付与的慰安，
只是严冷的微笑。

[三〇]

光阴难道就这般的过去么？
除却缥缈的思想之外，
一事无成！

[三一]

文学家是最无情的——
人们的泪珠，
便是他的收成。

［三二］

玫瑰花的刺，
是攀摘的人的嗔恨，
是她自己的慰乐。

［三三］

母亲呵！
撇开你的忧愁，
容我沉酣在你的怀里，
只有你是我灵魂的安顿。

［三四］

创造新陆地的，
不是那滚滚的波浪，
却是地底下细小的泥沙。

［三五］

万千的天使，
要起来歌颂小孩子；
小孩子！
他细小的身躯里，
含着伟大的灵魂。

［三六］

阳光穿进石隙里，
和极小的刺果说：
“借我的力量伸出头来罢，
解放了你幽囚的自己！”

树干儿穿出来了，
坚固的磐石，
裂成两半了。

[三七]

艺术家呵！
你和世人，
难道终久的隔着一重光明之雾？

[三八]

井栏上，
听潺潺山下的河流——
料峭的天风，
吹着头发；
天边——地上，
一回头又添了几颗光明，
是星儿，
还是灯儿？

[三九]

梦初醒处，
山下几叠的云衾里，

瞥见了光明的她，
朝阳呵！
临别的你，
已是堪怜，
怎似如今重见！

［四〇］

我的朋友！
你不要轻信我，
贻你以无限的烦恼，
我只是受思潮驱使的弱者呵！

［四一］

夜已深了，
我的心门要开着——
一个浮踪的旅客，
思想的神，
在不意中要临到了。

［四二］

云彩在天空中，
人在地面上——
思想被事实禁锢住，
便是一切苦痛的根源。

［四三］

真理，
在婴儿的沉默中，
不在聪明人的辩论里。

［四四］

自然呵！
请你容我只问一句话，
一句郑重的话：
“我不曾错解了你么？”

[四五]

言论的花儿
开的愈大，
行为的果子
结得愈小。

[四六]

松枝上的蜡烛，
依旧照着罢！
反复的调儿，
弹再一阕罢！
等候着，
远别的弟弟，
从夜色里要到门前了。

[四七]

儿时的朋友：
海波呵，

山影呵，
灿烂的晚霞呵，
悲壮的喇叭呵；
我们如今是疏远了么？

［四八］

弱小的草呵！
骄傲些罢，
只有你普遍地装点了世界。

［四九］

零碎的诗句，
是学海中的一点浪花罢；
然而它们是光明闪烁的，
繁星般嵌在心灵的天空里。

[五〇]

不恒的情绪，
要迎接它么？
它能涌出意外的思潮，
要创造神奇的文字。

[五一]

常人的批评和断定，
好像一群瞎子，
在云外推测着月明。

[五二]

轨道旁的花儿和石子！
只这一秒的时间里，
我和你
是无限之生中的偶遇，
也是无限之生中的永别；
再来时，

万千同类中，
何处更寻你？

[五三]

我的心呵！
警醒着，
不要卷在虚无的旋涡里！

[五四]

我的朋友！
起来罢，
晨光来了，
要洗你的隔夜的灵魂。

[五五]

成功的花，
人们只惊慕她现时的明艳！

然而当初她的芽儿，
浸透了奋斗的泪泉，
洒遍了牺牲的血雨。

[五六]

夜中的雨，
丝丝地织就了诗人的情绪。

[五七]

冷静的心，
在任何环境里，
都能建立了更深微的世界。

[五八]

不要羡慕小孩子，
他们的知识都在后头呢，
烦闷也已经隐隐地来了。

[五九]

谁信一个小“心”的呜咽。
颤动了世界？
然而它是灵魂海中的一滴。

[六〇]

轻云淡月的影里，
风吹树梢——
你要在那时创造你的人格。

[六一]

风呵！
不要吹灭我手中的蜡烛，
我的家远在这黑暗长途的尽处。

[六二]

最沉默的一刹那顷，
是提笔之后，
下笔之前。

[六三]

指点我罢，
我的朋友！
我是横海的燕子，
要寻觅隔水的窝巢。

[六四]

聪明人！
要提防的是：
忧郁时的文字，
愉快时的言语。

［六五］

造物者呵！
谁能追踪你的笔意呢？
百千万幅图画，
每晚窗外的落日。

［六六］

深林里的黄昏，
是第一次么，
又好似是几时经历过。

［六七］

渔娃！
可知道人羡慕你？
终身的生涯，
是在万顷柔波之上。

[六八]

诗人呵!
缄默罢;
写不出来的,
是绝对的美。

[六九]

春天的早晨,
怎样的可爱呢!
融洽的风,
飘扬的衣袖,
静悄的心情。

[七〇]

空中的鸟!
何必和笼里的同伴争噪呢?
你自有你的天地。

［七一］

这些事——
是永不漫灭的回忆；
月明的园中，
藤萝的叶下，
母亲的膝上。

［七二］

西山呵！
别了！
我不忍离开你，
但我苦忆我的母亲。

［七三］

无聊的文字，
抛在炉里，
也化作无聊的火光。

[七四]

婴儿，
是伟大的诗人，
在不完全的言语中，
吐出最完全的诗句。

[七五]

父亲呵！
出来坐在月明里，
我要听你说你的海。

[七六]

月明之夜的梦呵！
远呢？
近呢？
但我们只这般不言语，
听——听
这微击心弦的声！

眼前光雾万重，
柔波如醉呵！
沉——沉。

［七七］

小盘石呵！
坚固些罢，
准备着前后相催的波浪！

［七八］

真正的同情，
在忧愁的时候，
不在快乐的期间。

［七九］

早晨的波浪，
已经过去了；

晚来的潮水，
又是一般的声音。

［八〇］

母亲呵！
我的头发，
披在你的膝上，
这就是你付与我的万缕柔丝。

［八一］

深夜！
请你容疲乏的我，
放下笔来，
和你有少时寂静的接触。

［八二］

这问题很难回答呵，

我的朋友！
什么可以点缀了你的生活？

［八三］

小弟弟！
你恼我么？
灯影下，
我只管以无稽的故事，
来骗取你，
绯红的笑颊，
凝注的双眸。

［八四］

寂寞呵！
多少心灵的舟，
在你软光中浮泛。

[八五]

父亲呵！
我愿意我的心，
像你的佩刀，
这般的寒生秋水！

[八六]

月儿越近，
影儿越浓，
生命也是这般的真实么？

[八七]

知识的海中，
神秘的礁石上，
处处闪烁着怀疑的灯光呢。
感谢你指示我，
生命的舟难行的路！

[八八]

冠冕？
是暂时的光辉，
是永久的束缚。

[八九]

花儿低低地对看花的人说：
“少顾念我罢，
我的朋友！
让我自己安静着，
开放着，
你们的爱，
是我的烦扰。”

[九〇]

坐久了，
推窗看海罢！
将无边感慨，

都付与天际微波。

[九一]

命运！
难道聪明也抵抗不了你？
生——死
都挟带着你的权威。

[九二]

朝露还串珠般呢！
去也——
风冷衣单
何曾入到烦乱的心？
朦胧里数着晓星，
怪驴儿太慢，
山道太长——
梦儿欺枉了我，
母亲何曾病了？
归来也——

轡儿缓了，
阳光正好，
野花如笑；
看朦胧晓色，
隐着山门。

［九三］

我的心呵！
是你驱使我呢，
还是我驱使你？

［九四］

我知道了，
时间呵！
你正一分一分的，
消磨我青年的光阴！

[九五]

人从枝上折下花儿来，
供在瓶里——
到结果的时候，
却对着空枝叹息。

[九六]

影儿落在水里，
句儿落在心里，
都一般无痕迹。

[九七]

是真的么？
人的心只是一个琴匣，
不住地唱着反复的音调！

[九八]

青年人!
信你自己罢!
只有你自己是真实的,
也只有你能创造你自己。

[九九]

我们是生在海舟上的婴儿,
不知道
先从何处来,
要向何处去。

[一〇〇]

夜半——
宇宙的睡梦正浓呢!
独醒的我,
可是梦中的人物?

[一〇一]

弟弟呵！
似乎我不应勉强着憨嬉的你，
来平分我孤寂的时间。

[一〇二]

小小的花，
也想抬起头来，
感谢春光的爱——
然而深厚的恩慈，
反使她终于沉默。
母亲呵！
你是那春光么？

[一〇三]

时间！
现在的我，
太对不住你么？

然而我所抛撇的是暂时的，
我所寻求的是永远的。

［一〇四］

窗外人说桂花开了，
总引起清绝的回忆；
一年一度，
中秋节的前三日。

［一〇五］

灯呵！
感谢你忽然灭了；
在不思索的挥写里，
替我匀出了思索的时间。

［一〇六］

老年人对小孩子说：

“流泪罢，
叹息罢，
世界多么无味呵！”

小孩子笑着说：
“饶恕我，
先生！
我不会设想我所未经过的事。”

小孩子对老年人说：
“笑罢，
跳罢，
世界多么有趣呵！”

老年人叹着说：
“原谅我，
孩子！
我不忍回忆我所已经过的事。”

［一〇七］

我的朋友！

珍重些罢，
不要把心灵中的珠儿，
抛在难起波澜的大海里。

[一〇八]

心是冷的，
泪是热的；
心——凝固了世界，
泪——温柔了世界。

[一〇九]

漫天的思想，
收合了来罢！
你的中心点，
你的结晶，
要作我的南针。

［一一〇］

青年人呵！
你要和老年人比起来，
就知道你的烦闷，
是温柔的。

［一一一］

太单调了么？
琴儿，
我原谅你！
你的弦，
本弹不出笛儿的声音。

［一一二］

古人呵！
你已经欺哄了我，
不要引导我再欺哄后人。

[一一三]

父亲呵！
我怎样的爱你，
也怎样爱你的海。

[一一四]

“家”是什么，
我不知道；
但烦闷——忧愁，
都在此中融化消灭。

[一一五]

笔在手里，
句在心里，
只是百无安顿处——
远远地却引起钟声！

[一一六]

海波不住地问着岩石，
岩石永久沉默着不曾回答；
然而它这沉默，
已经过百千万回的思索。

[一一七]

小茅棚，
菊花的顶子——
在那里
要感出宇宙的独立！

[一一八]

故乡！
何堪遥望，
何时归去呢？
白发的祖父，
不在我们的园里了！

［一一九］

谢谢你，
我的琴儿！
月明人静中，
为我颂赞了自然。

［一二〇］

母亲呵！
这零碎的篇儿，
你能看一看么？
这些字，
在没有我以前，
已隐藏在你的心怀里。

［一二一］

露珠，
宁可在深夜中，
和寒花作伴——

却不容那灿烂的朝阳，
给她丝毫暖意。

［一二二］

我的朋友！
真理是什么，
感谢你指示我；
然而我的问题，
不容人来解答。

［一二三］

天上的玫瑰，
红到梦魂里；
天上的松枝，
青到梦魂里；
天上的文字，
却写不到梦魂里。

[一二四]

“缺憾”呵！
“完全”需要你，
在无数的你中，
衬托出它来。

[一二五]

蜜蜂，
是能溶化的作家；
从百花里吸出不同的香汁来？
酿成它独创的甜蜜。

[一二六]

荡漾的，是小舟么？
青翠的，是岛山么？
蔚蓝的，是大海么？
我的朋友！
重来的我，

何忍怀疑你，
只因我屡次受了梦儿的欺枉。

［一二七］

流星，
飞走天空，
可能有一秒时的凝望？
然而这一瞥的光明，
已长久遗留在人的心怀里。

［一二八］

澎湃的海涛，
沉黑的山影——
夜已深了，
不出去罢。
看呵！
一星灯火里，
军人的父亲，
独立在旗台上。

［一二九］

倘若世间没有风和雨，
这枝上繁花，
又归何处？
只惹得人心生烦厌。

［一三〇］

希望那无希望的事实，
解答那难解答的问题，
便是青年的自杀！

［一三一］

大海呵！
哪一颗星没有光？
哪一朵花没有香？
哪一次我的思潮里
没有你波涛的清响？

[一三二]

我的心呵！
你昨天告诉我，
世界是欢乐的；
今天又告诉我，
世界是失望的；
明天的言语，
又是什么？
教我如何相信你！

[一三三]

我的朋友！
未免太忧愁了么？
“死”的泉水，
是笔尖下最后的一滴。

[一三四]

怎能忘却？
夏之夜，
明月下，
幽栏独倚。
粉红的莲花，
深绿的荷盖，
缟白的衣裳！

[一三五]

我的朋友！
你曾登过高山么？
你曾临过大海么？
在那里，
是否只有寂寥？
只有“自然”无语？
你的心中
是欢愉还是凄楚？

[一三六]

风雨后——
花儿的芬芳过去了，
花儿的颜色过去了，
果儿沉默地在枝上悬着。
花的价值，
要因着果儿而定了！

[一三七]

聪明人！
抛弃你手里幻想的花罢！
她只是虚无缥渺的，
反分却你眼底春光。

[一三八]

夏之夜，
凉风起了！
襟上兰花气息，

绕到梦魂深处。

［一三九］

虽然为着影儿相印；
我的朋友！
你宁可对模糊的镜子，
不要照澄澈的深潭，
她是属于自然的！

［一四〇］

小小的命运，
每日的转移青年；
命运是觉得有趣了，
然而青年多么可怜呵！

[一四一]

思想，
只容心中游漾。
刚拿起笔来，
神趣便飞去了。

[一四二]

一夜——
听窗外风声。
可知道寄身山巅？
烛影摇摇，
影儿怎的这般清冷？
似这般山河如墨，
只是无眠——

[一四三]

心潮向后涌着，
时间向前走着；

青年的烦闷，
便在这交流的旋涡里。

[一四四]

阶边，
花底，
微风吹着发儿，
是冷也何曾冷！
这古院——
这黄昏——
这丝丝诗意——
绕住了斜阳和我。

[一四五]

心弦呵！
弹起来罢——
让记忆女神，
和着你调儿跳舞。

[一四六]

文字，
开了矫情的水闸；
听同情的泉水，
深深的交流。

[一四七]

将来，
明媚的湖光里，
可有个矗立的碑？
怎敢这般沉默着——想。

[一四八]

只这一枝笔儿：
拿得起，
放得下，
是无限的自然！

［一四九］

无月的中秋夜，
是怎样的耐人寻味呢！
隔着层云，
隐着清光。

［一五〇］

独坐——
山下湿云起了。
更隔院断续的清磬。
这样黄昏，
这般微雨。
只做就些儿惆怅！

［一五一］

智慧的女儿！
向前迎住罢，
“烦闷”来了，

要败坏你永久的工程。

［一五二］

我的朋友！
不要任凭文字困苦你；
文字是人做的，
人不是文字做的！

［一五三］

是怜爱，
是温柔，
是忧愁——
这仰天的慈像，
融化了我冻结的心泉。

[一五四]

总怕听天外的翅声——
小小的鸟呵!
羽翼长成,
你要飞向何处?

[一五五]

白的花胜似绿的叶,
浓的酒不如淡的茶。

[一五六]

清晓的江头,
白雾濛濛,
是江南天气,
雨儿来了——
我只知道有蔚蓝的海,
却原来还有碧绿的江,
这是我父母之乡!

［一五七］

因着世人的临照，
只可以拂拭镜上的尘埃，
却不能增加月儿的光亮。

［一五八］

我的朋友！
雪花飞了，
我要写你心里的诗。

［一五九］

母亲呵！
天上的风雨来了，
鸟儿躲到他的巢里；
心中的风雨来了，
我只躲到你的怀里。

[一六〇]

聪明人！
文字是空洞的，
言语是虚伪的；
你要引导你的朋友，
只在你
自然流露的行为上！

[一六一]

大海的水，
是不能温热的；
孤傲的心，
是不能软化的；

[一六二]

青松枝，
红灯彩，
和那柔曼的歌声——

小弟弟！
感谢你付与我，
寂静里的光明。

［一六三］

片片的云影，
也似零碎的思想么？
然而难将记忆的本儿，
将他写起。

［一六四］

我的朋友！
别了，
我把最后一页，
留与你们！

（原载于1922年1月1日至26日《晨报副镌》）

春水

自序

“母亲呵！
这零碎的篇儿，
你能看一看么？
这些字，
在没有我以前。
已隐藏在你的心怀里。”

——录《繁星》一二〇

冰心

一九二二年十一月二十一日

春水

[一]

春水！
又是一年了，
还这般的微微吹动，
可以再照一个影儿么？

春水温静地答谢我说：
“我的朋友！
我从来未曾留下一个影子，
不但对你是如此。”

[二]

四时缓缓地过去——
百花互相耳语说：
“我们都只是弱者！
甜香的梦
轮流着做罢，

憔悴的杯
也轮流着饮罢，
上帝原是这样安排的呵！”

［三］

青年人！
你不能像风般飞扬，
便应当像山般静止。
浮云似的
无力的生涯，
只做了诗人的资料呵！

［四］

芦荻，
只伴着这黄波浪么？
趁风儿吹到江南去罢！

［五］

一道小河
平平荡荡的流将下去，
只经过平沙万里——
自由的，
沉寂的，
它没有快乐的声音。

一道小河
曲曲折折地流将下去，
只经过高山深谷——
险阻的，
挫折的，
它也没有快乐的声音。

我的朋友！
感谢你解答了
我久闷的问题，
平荡而曲折的水流里，
青年的快乐
在其中荡漾着了！

［六］

诗人！
不要委屈了自然罢，
“美”的图画
要淡淡地描呵！

［七］

一步一步地扶走——
半隐的青紫的山峰
怎的这般高远呢？

［八］

月呵！
什么做成了你的尊严呢？
深远的天空里，
只有你独往独来了。

[九]

倘若我能以达到，
上帝呵！
何处是你心的尽头，
可能容我知道？
远了！
远了！
我真是太微小了呵！

[一〇]

忽然了解是一夜的正中，
白日的心情呵！
不要侵到这境界里来罢。

[一一]

南风吹了，
将春的微笑
从水国里带来了！

［一二］

弦声近了，
瞽目者来了，
弦声远了，
无知的人的命运
也跟了去么？

［一三］

白莲花！
清洁拘束了你了——
但也何妨让同在水里的红莲
来参礼呢？

［一四］

自然唤着说：
“将你的笔尖儿
浸在我的海里罢！
人类的心怀太枯燥了。”

[一五]

沉默里，
充满了胜利者的凯歌！

[一六]

心呵！
什么时候值得烦乱呢？
为着宇宙，
为着众生。

[一七]

红墙衰草上的夕阳呵！
快些落下去罢，
你使许多的青年人颓老了！

[一八]

冰雪里的梅花呵！
你占了春先了。
看遍地的小花
随着你零星开放。

[一九]

诗人！
笔下珍重罢！
众生的烦闷
要你来慰安呢。

[二〇]

山头独立，
宇宙只一人占有了么？

[二一]

只能提着壶儿
看她憔悴——
同情的水
从何灌溉呢?
她原是栏内的花呵!

[二二]

先驱者!
你要为众生开辟前途呵,
束紧了你的心带罢!

[二三]

平凡的池水——
临照了夕阳,
便成金海!

[二四]

小岛呵！
何处显出你的挺拔呢？
无数的山峰
沉沦在海底了。

[二五]

吹就雪花朵朵——
朔风也是温柔的呵！

[二六]

我只是一个弱者！
光明的十字架
容我背上罢，
我要抛弃了性天里
暗淡的星辰！

[二七]

大风起了！
秋虫的鸣声都息了！

[二八]

影儿欺哄了众生了，
天以外——
月儿何曾圆缺？

[二九]

一般的碧绿，
只多些温柔。
西湖呵，
你是海的小妹妹么？

［三〇］

天高了，
星辰落了，
晓风又与睡人为难了！

［三一］

诗人！
自然命令着你呢，
静下心潮
听他呼唤！

［三二］

渔舟归来了，
看江上点点的红灯呵！

[三三]

墙角的花！
你孤芳自赏时，
天地便小了。

[三四]

青年人！
从白茫茫的地上
找出同情来罢。

[三五]

嫩绿的叶儿，
也似诗情么？
颜色一番一番地浓了。

[三六]

老年人的“过去”，
青年人的“将来”，
在沉思里
都是一样呵！

[三七]

太空！
揭开你的星网，
容我瞻仰你光明的脸罢。

[三八]

秋深了！
树叶儿穿上红衣了！

［三九］

水向东流，
月向西落——
诗人，
你的心情
能将她们牵住了么？

［四〇］

黄昏——深夜
槐花下的狂风，
藤萝上的蜜雨上，
可能容我暂止你？
病的弟弟
刚刚睡浓了呵！

［四一］

小松树！
容我伴你罢，

山上白云深了！

[四二]

晚霞边的孤帆，
在不自觉里
完成了“自然”的图画。

[四三]

春何曾说话呢？
但她那伟大潜隐的力量，
已这般的
温柔了世界了！

[四四]

旗儿举正了，
聪明的先驱者呵！

[四五]

山有时倾了，
海有时涌了。
一个庸人的心志
却终古竖立！

[四六]

不解放的行为，
造就了自由的思想！

[四七]

人在廊上，
书在膝上，
拂面的微风里
知道春来了。

[四八]

萤儿自由地飞走了，
无力的残荷呵！

[四九]

自然的微笑里，
融化了
人类的怨嗔。

[五〇]

何用写呢?
诗人自己
便是诗了！

[五一]

鸡声——
鼓舞了别人了！
它自己可曾得到慰安么？

[五二]

微倦的沉思里——
鸽儿的弦风
将诗情吹破了！

[五三]

春从微绿的小草里
和青年说：
“我的光照临着你了，
从枯冷的环境中
创造你有生命的人格罢！”

[五四]

白昼从哪里长了呢？
远远墙边的树影
都困慵得不移动了。

[五五]

野地里的百合花，
只有自然
是你的朋友罢。

[五六]

狂风里——
远树都模糊了，
造物者涂抹了他黄昏的图画了。

[五七]

小蜘蛛！
停止你的工作罢，
只网住些儿尘土呵！

[五八]

冰似山般静寂，
山似水般流动，
诗人可以如此地支配它么？

[五九]

乘客呼唤着说：
“舵工！
小心雾里的暗礁罢。”
舵工宁静地微笑说：
“我知道那当行的水路，
这就彀了！”

[六〇]

流星——
只在人类内天空里是光明的；
它从黑暗中飞来，
又向黑暗中飞去，
生命也是这般的不分明么？

[六一]

弟弟！
且喜又相见了，
我回忆中的你，
那能像这般清晰？

[六二]

我要挽那“过去”的年光，
但时间的经纬里
已织上了“现在”的丝了！

[六三]

柳花飞时，
燕子来了；
芦花飞时，
燕子又去了；
但她们是一样的洁白呵！

[六四]

婴儿，
在他颤动的啼声中
有无限神秘的言语，
从最初的灵魂里带来
要告诉世界。

[六五]

只是一颗孤星罢了！
在无边的黑暗里
已写尽了宇宙的寂寞。

[六六]

清绝——
是静寂还是清明？
只有凝立的城墙，
披雪的杨柳，
冷又何妨？
白茫茫里走入画图中罢！

[六七]

信仰将青年人
扶上“服从”的高塔以后，
便把“思想”的梯儿撤去了

[六八]

当我自己在黑暗幽远的道上
当心地慢慢走着，
我只倾听着自己的足音。

［六九］

沉寂的渊底，
却照着
永远红艳的春花。

［七〇］

玫瑰花的浓红
在我眼前照耀，
伸手摘将下来，
她却萎谢在我的襟上。
我的心低低地安慰我说：
“你隔绝了她和‘自然’的联结，
这浓红便归尘土；
青年人！
留意你枯燥的灵魂。”

[七一]

当我浮云般
自来自去的时候,
真觉得宇宙太寂寞了!

[七二]

郁倦的春风
只送些“不宁”来了!
城墙——
微绿的杨柳——
都隐没在飞扬的尘土里。
这也是人生断片的烦闷呵!

[七三]

我的朋友!
倘若春花自由地开放时,
无意中愁苦了你,
你当原谅它是受自然的指挥的。

[七四]

在模糊的世界中——
我忘记了最初的一句话，
也不知道最后的一句话。

[七五]

昨日游湖，
今夜听雨，
这雨点已落到我心中的湖上，
滴出无数的叠纹了！

[七六]

寂寞增加郁闷，
忙碌铲除烦恼——
我的朋友！
快乐在不停的工作里！

[七七]

只坐在阶边说笑——
山上的楼台
斜阳照着，
何曾不想一登临呢?
清福不要一日享尽了呵!

[七八]

可曾有过?
钓矶独坐——
满湖柔波
看人春泛。

[七九]

我愿意在离开世界以前
能低低告诉他说：
“世界呵，
我彻底地了解你了！”

[八〇]

当我看见绿叶又来的时候
我的心欣喜又感伤了。
勇敢的绿叶呵！
记否去秋黯淡的离别呢？

[八一]

我独自
经过了青青的松柏，
上了层层的石阶。
祈年殿
庄严地在黄尘里，
我——
我只能深深地低首了！

[八二]

我的朋友，
不要让春风欺哄了你。

花色原不如花香呵！

［八三］

微雨的山门下，
石阶湿着——
只有独立的我
和缕缕的游云，
这也是“同参密藏”么？

［八四］

灯下拔了剑儿出鞘，
细看——凝想
只有一腔豪气。
竟忘却
血珠鲜红
泪珠晶白。

[八五]

我的朋友！
倘若你忆起这一湖春水，
要记住
它原不是温柔，
只是这般冰冷。

[八六]

谈笑着走下层阶，
斜阳里——
偶然后头红墙，
前瞻黄瓦，
霎时间我了解什么是“旧国”了，
我的心灵从此凄动了！

[八七]

青年人！
只是回顾么？

这世界是不住地前进呵！

［八八］

春徘徊着来到
这庄严的坛上——
在无边的清冷里，
只能把一丝春意，
交付与阶隙里
微小的草儿了。

［八九］

桃花无主地开了，
小草无主地青了，
世人真痴呵！
为何求自然的爱来慰安呢？

[九〇]

聪明人！
在这漠漠的世界上，
只能提着“自信”的灯儿
进行在黑暗里。

[九一]

对着幽艳的花儿凝望，
为着将来的果子
只得留他开在枝头了！

[九二]

星儿！
世人凝注着你了，
导引他们的眼光
超出太空以外罢！

[九三]

一阵风来——
湖水向后流了，
石矶向前走了，
迷惘里……
我——我脑中的海岳呵！

[九四]

什么是播种者的喜悦呢！
倚锄望——
到处有青青之痕了！

[九五]

月儿——
在天下的水镜里，
这边光明，
那边黯淡。
但在天上却只有一个。

[九六]

“什么时候来赏雪呢？”
“来日罢。”
“来日”过去了。

“什么时候来游湖呢？”
“来年罢。”
“来年”过去了。

“什么时候来工作呢？”
“来生么？”
我微笑而又惊悚了！

[九七]

寥廓的黄昏，
何处有一个彷徨的我？
母亲呵！
我只要归依你，
心外的湖山，
容我抛弃罢！

[九八]

我不会弹琴，
我只静默地听着；
我不会绘画，
我只沉寂地看着；
我不会表现万全的爱，
我只虔诚地祷告着。

[九九]

“幽兰！
未免太寂寞了，
不愿意要友伴么？”
“我正寻求着呢？
但没有别的花儿
肯开在空谷里。”

[一〇〇]

当青年人肩上的重担
忽然卸去时，
他勇敢的心
便要因着寂寞而悲哀了！

[一〇一]

我的朋友！
最后的悲哀
还须禁受，
在地球粉碎的那一日，
幸福的女神，
要对绝望众生
作末一次凄感的微笑。

[一〇二]

我的问题——
我的心

在光明中沉默不答。
我的梦
却在黑暗里替我解明了！

［一〇三］

智慧的女儿！
在不住地抵抗里，
你永远不能了解
什么是人类同情。

［一〇四］

鱼儿上来了，
水面上一个小虫儿飘浮着——
在这小小的生死关头，
我微弱的心
忽然颤动了！

[一〇五]

造物者——
倘若在永久的生命中
只容有一个极乐的应许。
我要至诚地求着：
“我在母亲的怀里，
母亲在小舟里，
小舟在月明的大海里。”

[一〇六]

诗人从他的心中
滴出快乐和忧愁的血。
在不知不觉里
已成了世界上同情的花。

[一〇七]

只是纸上纵横的字——
纵横的字，

哪有词句呢？
只重叠的墨迹里
已留下当初凝想之痕了！

［一〇八］

母亲呵！
乳娘不应诓弄脆弱的我，
谁最初地开了
我心宫里悲哀之门呢？

——你拭干我现在的
微笑中的泪珠罢——

楼外丐妇求乞的悲声，
将我的心从睡梦中
重重地敲碎了！
她将我的母亲带去了，
母亲不在摇篮边了。
这是我第一次感出
世界的虚空呵！

[一〇九]

夜正长呢！
能下些雨儿也好。
窗外果然滴沥了——
数着雨声罢！
只依旧是烦郁么？

[一一〇]

聪明人！
纤纤的月，
完满在后头呢！
姑且容淡淡的云影
遮蔽着她罢。

[一一一]

小麻雀！
休飞进田垄里。
垄里，

遍地弹机
正静静地等着你。

［一一二］

浪花愈大，
凝立的盘石
在沉默的持守里，
快乐也愈大了。

［一一三］

星星——
只能白了青年人的发，
不能灰了青年人的心。

［一一四］

我的朋友！
不要随从我。

我的心灵之灯
只照自己的前途呵！

［一一五］

两行的红烛燃起了——
堂下花阴里
隐着浅红的夹衣。
髫年的欢乐
容她回忆罢！

［一一六］

山上的楼窗不见了，
灯花烬也！
天风里，
危岩独倚，
便小草也是伴侣了！

[一一七]

梦未终——
窗外日迟迟，
堂前又遇见伊！
牵牛花！
昨夜灵魂里攀摘的悲哀，
可曾身受么？

[一一八]

紫藤萝落在池上了。
花架下
长昼无人，
只有微风吹着叶儿响。

[一一九]

诗人的心灵？
只合颤动么？
平凡的急管繁弦，

已催他低首了！

［一二〇］

“祖父千秋
同祝一杯酒！”
明灯下，
笑声里，
面颊都晕红了！

姊妹们！
何必当初？
到如今酒阑人散——
苦雨孤灯的晚上，
只添我些凄清的回忆呵！

［一二一］

世人呵！
暂时的花儿
原不配供在永久的瓶里，

这稚弱的生机，
请你怜悯罢！

［一二二］

自然的话语
太深微了，
聪明人的心
却是如何的简单呵！

［一二三］

几天的微雨，
将春的消息隔绝了。
无聊里——
几朵枯花，
只拈来凝想。
原是去年的言语呵！
也可作今日的慰安么！

[一二四]

黄昏了——
湖波欲睡了——
走不尽的长廊呵！

[一二五]

修养的花儿
在寂静中开过去了，
成功的果子
便要在光明里结实。

[一二六]

虹儿！
你后悔么？
雨后的天空
偶然出现，
世间儿女
已画你的影儿在罗带上了。

[一二七]

清晓——
静悄悄地走入园里，
万有都在睡梦中呵！
除却零零的露珠
谁是伴侣呢？

[一二八]

海洋将心情深深地分断了——
十字架下的婴儿呵！
隔着清波
只能有泛泛的微笑么？

[一二九]

朝阳下的鸟声清啭着，
窗帘吹卷了，
又听得叶儿细响——
无奈诗人的心灵呵！

不许他拿起笔儿
却依旧这般凝想。

［一三〇］

这时又是谁在海舟上呢？
水面黄昏
凭栏地凝眺，
山中的我
只合空想了。

［一三一］

青年人！
觉悟后的悲哀
只深深地将自己葬了。
原也是微小的人类呵！

[一三二]

花又在瓶里了，
书又在手里了，
但——
是今年的秋雨之夜！

[一三三]

只两朵昨夜襟上的玉兰，
便将晓风和朝阳
都深深地记在心里了。

[一三四]

命运如同海风——
吹着青春的舟，
飘摇的，
曲折的，
渡过了时光的海。

[一三五]

梦里采撷的天花，
醒来不见了——
我的朋友！
人生原有些愿望！
只能永久地寄在幻想里！

[一三六]

涧谷里的小花
无力地开了，
又无力地谢了。
便是未曾领略过春光呵，
却也应晓得！

[一三七]

沉默着罢！
在这无穷的世界上，
弱小的我

原只当微笑
不应放言。

［一三八］

幢幢的人影，
沉沉的烛光——
都将永别的悲哀，
和人生之谜语，
刻在我最初的回忆里了。

［一三九］

这奔涌的心潮
只索情《楞严》来壅塞了，
无力的人呵！
究竟会悟到“空不空”么？

[一四〇]

邀游于梦中罢!
在那里
只有自由的言笑,
率真的心情。

[一四一]

雨后——
随着蛙声,
荷盘上的水珠,
将衣裳溅湿了。

[一四二]

玫瑰花开了。
为着无聊的风,
小小的水边
竟不想再去了。
诗人的生涯,

只终于寂寞么？

［一四三］

揭开自然的帘儿罢！
艺术的婴儿，
正卧在真理的娘怀里。

［一四四］

诗人也只是空写罢了！
一点心灵——
何曾安慰到
雨声里痛苦的征人？

［一四五］

我的心开始颤动了——
当我默默地
敞着楼窗，

对着大海，
自然无声地谢我说：
“我承认我们是被爱的了。”

[一四六]

经验的花，
结了智慧的果！
智慧的果，
却包着烦恼的核！

[一四七]

绿荫下
沉思地坐着——
游丝般的诗情呵！
迷濛的春光
刚将你抽出来，
叶底园丁的剪刀声
又将你剪断了。

[一四八]

谢谢你！
我的朋友！
这朵素心兰，
请你自己戴着罢。
我又何忍辞谢她？
但无论是玫瑰
是香兰，
我都未曾放在发儿上。

[一四九]

上帝呵！
即或是天阴阴地，
人寂寂地，
只要有一个灵魂
守着你严静的清夜，
寂寞的悲哀，
便从宇宙中消灭了。

[一五〇]

岩下
缓缓的河流，
深深的树影——
指点着
细语着，
许多诗意
笼盖在月明中。

[一五一]

浪花后
是谁荡桨？
这桨声
浸入我深思的圈儿里了！

[一五二]

先驱者！
绝顶的危峰上

可曾放眼？
便是此身解脱，
也应念着山下
劳苦的众生！

［一五三］

笠儿戴着，
牛儿骑着，
眉宇里深思着——
小牧童！
一般的沐着大地上的春光呵，
完满的无声的赞扬，
诗人如何比得你！

［一五四］

柳条儿削成小桨，
莲瓣儿做了扁舟——
容宇宙中小小的灵魂，
轻柔地泛在春海里。

[一五五]

病后的树荫
也比从前浓郁了，
开花的枝头，
却有小小的果儿结着。
我们只是改个庞儿相见呵！

[一五六]

睡起——
廊上黄昏，
薄袖临风；
庭院水般清，
心地镜般明；
是画意还是诗情？

[一五七]

姊姊！
清福便独享了罢，

何须寄我些春泛的新诗?
心灵里已是烦忙
又添了未曾相识的湖山,
频来入梦。

[一五八]

先驱者!
前途认定了
切莫回头!
一回头——
灵魂里潜藏的怯弱,
要你停留。

[一五九]

凭栏久
凉风渐生,
何处是天家?
真要乘风归去!
看——

清冷的月
已化作一片光云
轻轻地飞在海涛上。

［一六〇］

自然无声地
看着劳苦的诗人微笑：
“想着罢！
写着罢！
无限的庄严，
你可曾约略知道？”
诗人投笔了！
微小的悲哀
永久遗留在心坎里了！

［一六一］

隔窗举起杯儿来——
落花！
和你作别了！

原是清凉的水呵，
只当是甜香的酒罢。

［一六二］

崖壁阴阴处，
海波深深处，
垂着丝儿独钓。
鱼儿！
不来也好，
我已从蔚蓝的水中
钓着诗趣了。

［一六三］

暮色苍苍——
远村在前，
山门在后。
黄土的小道曲折着，
踽踽的我无心地走着。

宇宙昏昏——
表现在前，
消灭在后。
生命的小道曲折着，
踽踽的我不自主地走着。

一般的遥远的前途呵！
抬头见新月，
深深地起了
不可言说的感触！

[一六四]

将离别——
舟影太分明。
四望江山青；
微微的云呵！
怎只压着黯黯的情绪，
不笼住如梦的歌声？

[一六五]

我的朋友
坐下莫徘徊，
照影到水中，
累它游鱼惊起。

[一六六]

遥指峰尖上，
孤松峙立，
怎得倚着树根看落日？
已近黄昏，
算着路途罢！
衣薄风寒，
不如休去。

[一六七]

绿水边
几双游鸭，

几个浣衣的女儿，
在诗人驴前
展开了一幅自然的图画。

［一六八］

朦胧的月下——
长廓静院里。
不是清磬破了岑寂，
便落花的声音，
也听得见了。

［一六九］

未生的婴儿，
从生命的球外，
攀着“生”的窗户看时，
已隐隐地望见了
对面“死”的洞穴。

[一七〇]

为着断送百万生灵
不绝的炮声，
严静的夜里，
凄然地将捉在手里的灯蛾
放到窗外去了。

[一七一]

马蹄过处，
蹴起如云的尘土；
据鞍顾盼，
平野青青——
只留下无穷的怅惘罢了，
英雄梦哪许诗人做？

[一七二]

开函时——
正席地坐在花下，

一阵凉风
将看完的几张吹走了。
我只默默地望着，
听它吹到墙隅，
慰悦的心情
也和这纸儿一样的飞扬了！

[一七三]

明月下
绿叶如云，
白衣如雪——
怎样的感人呵！
又况是别离之夜？

[一七四]

青年人！
珍重地描写罢，
时间正翻着书页，
请你着笔！

[一七五]

我怀疑地撒下种子去，
便闭了窗户默想着。
我又怀疑地开了窗，
岂止萌芽？
这青青之痕
还滋蔓到他人的园地里。
上帝呵！
感谢你“自然”的风雨！

[一七六]

战场上的小花呵！
赞美你最深的爱！
冒险地开在枪林弹雨中，
慰藉了新骨。

［一七七］

我的心忽然悲哀了！
昨夜梦见
独自穿着冰绡之衣，
从汹涌的波涛中
渡过黑海。

［一七八］

微阴的阶上
只坐着自己——
绿叶呵！
玫瑰落尽，
诗人和你
一同感出寂寥了。

［一七九］

明月！
完成了你的凄清了！

银光的田野里，
是谁隔着小溪
吹起悠扬之笛？

［一八〇］

婴儿！
谁像他天真的颂赞？
当他呢喃地
对着天末的晚霞，
无力的笔儿
真当抛弃了。

［一八一］

襟上摘下花儿来，
匆匆里
就算是别离的赠品罢！

马已到门前了
要不是窗内听得她笑言，

错过也
又几时重见?

［一八二］

别了!
春水,
感谢你一春潺潺的细流,
带去我许多意绪。

向你挥手了,
缓缓地流到人间去罢。
我要坐在泉源边,
静听回响。

一九二二年三月五日至六月十四日

(原载1922年3月21日至31日,4月11日至30日,
5月15日至30日《晨报副镌》)

冰心的诗

可爱的

除了宇宙，
最可爱的只有孩子。
和他说话不必思索，
态度不必矜持，
抬起头来说笑，
低下头去弄水。
任你深思也好，
微讴也好；
驴背上，
山门下，
偶一回头望时，
总是活泼泼地，
笑嘻嘻地。

一九二一年六月二十三日，在西山。

（原载1921年6月28日《晨报》）

一朵白蔷薇

怎么独自站在河边上？
这朦胧的天色，
是黎明还是黄昏？
何处寻问，
只觉得眼前
竟是花的世界。
中间杂着几朵白蔷薇。

她来了，
她从山上下来了。
靓妆着，
仿佛是
一身缟白，
手里抱着一大束花。

我说：
“你来，
给你一朵白蔷薇，
好簪在襟上。”
她微笑说了一句话，
只是听不见。
然而似乎我竟没有摘，

她也没有戴，
依旧抱着花儿，
向前走了。

抬头望她去路，
只见得两旁开满了花，
垂满了花，
落满了花。

我想
白花终比红花好；
然而为何我竟没有摘，
她也竟没有戴？

前路是什么地方，
为何不随她走去？

都过去了，
花也隐了，
梦也醒了，
前路如何？
便摘也何曾戴？

一九二一年八月二十日追记

（原载1921年8月26日《晨报》）

冰神

白茫茫的地上，
自己放着风筝，
一丝风意都没有——

飏起来了，
愈飞愈紧，
却依旧是无风。
抬头望，
前面
矗立着一座玲珑照耀的冰山；
峰尖上庄严地站着一位女神，
眉目看不分明，
衣裳看不分明，
只一只手举着风筝，
一只手指着
天上——
天上是繁星错落如珠网——

一转身忽惊，
西山月落凉阶上，
照着树儿，
射着草儿。

这莫是她顶上的圆光，
化作清辉千缕？

是真？
是梦？
我只深深地记着：
是冰山，
是女神，
是指着天上——

一九二一年八月二十日追记

（原载1921年8月26日《晨报》）

迎神曲

灵台上——
燃起星星微火，
黯黯地低头膜拜。

问“来从何处来？
去向何方去？
这无收束的尘寰，
可有众生归路？”

空华影落，
万籁无声，
隐隐地涌现了：
是宝盖珠幢，
是金身法相。

“只为问‘来从何处来？
去向何方去？’
这轮转的尘寰，
便没了众生归路！”

“世界上，
来路便是归途，
归途也成来路。”

（原载1921年9月20日《晨报》）

送神曲

“世界上，
来路便是归途，
归途也成来路。”

“这轮转的尘寰，
何用问
‘来从何处来？
去向何方去？’

“更何处有宝盖珠幢？
又何处是金身法相？
即我——
也即是众生。

“来从去处来，
去向来处去。
向那来的地方，
寻将去路。”

灵台上——

燃着了常明灯火，
深深地低头膜拜。

无月的中秋夜，一九二一年

（原载于1921年9月6日《晨报》）

病的诗人（一）

诗人病了——
诗人的情绪
更适合于诗了，
然而诗人写不出。

菊花的影儿在地，
藤椅儿背着阳光。
书落在地上了，
不想拾起来，
只任它微风吹卷。

窗儿开着，
帘儿飏着，
人儿无聊，
只有：
书是旧的，
花是新的。

镜里照着的，
是消瘦的庞儿；
手里拿着的，
是沉重的笔儿。

凝涩的诗意，
却含着清新；
憔悴的诗人，
却感着愉快。

诗人病了——
诗人的情绪
更适合于诗了，
然而诗人写不出！

（原载于1921年11月27日《晨报副镌》）

病的诗人（二）

诗人病了——
却怪窗外天色，
怎的这般阴沉！

天也似诗人，
只这样黯寂消沉。
一般的：
酿诗未成，
酿雪未成。

墙外的枯枝，
屋上的炉烟，
和着隐隐的市声，
悠悠地送去了几许光阴？

诗人病了——
却怪他窗外天色
怎的这般阴沉！

一九二一年十二月五日

（原载1921年12月23日《晨报副镌》）

病的诗人（三）

诗人病了——
感谢病的女神，
替他和困人的纸笔，
断绝了无谓的交情。

床边——
只矮矮的小几，
朵朵的红花，
和曲曲的画屏，
几日地圈住性灵。

长日如年，
严静里——
只倾听窗外叶儿细响，
又低诵几家词句：
“庭院深深……”

是谁游丝般吹弄？
又是谁流水般低唱？
轻轻地起来
撩起窗帘，
放进清音。

只是箫声宛转，
只是诗情游漾，
奈笔儿抛了，
纸儿弃了，
只好听——听。

只是一声声，
何补空冥？
感谢病的女神，
替他和弄人的纸笔，
断绝了无谓的交情。

一九二二年四月二十七日

（原载于1922年5月11日《晨报副镌》）

诗的女神

她在窗外悄悄地立着呢！
帘儿吹动了——
窗内，
窗外，
在这一刹那顷，
忽地都成了无边的静寂。

看呵，
是这般的：
满蕴着温柔，
微带着忧愁，
欲语又停留。

夜已深了，
人已静了，
屋里只有花和我，
请进来罢！

只这般地凝立着么？
量我怎配迎接你？

诗的女神呵！

还求你只这般的，

经过无数深思的人的窗外。

一九二一年十二月九日

（原载于1921年12月24日《晨报副镌》）

谢“思想”

只能说一声辜负你，
思想呵！
任你怒潮般卷来，
又轻烟般散去。

沉想中，
凝眸里，
只这一束残花，
几张碎纸，
都深深地受了你的赠与。

也曾几度思量过，
难道是时间不容？
难道是我自己心情倦慵？
便听凭你
乘兴而来，
无聊又去。

还是你充满了
无边微妙，
无限神奇；
只答我心中膜拜。

难役使世间的语言文字
说与旁人？

思想呵！
无可奈何，
只能辜负你，
这枝不听命的笔儿
难将你我连在一起。

一九二一年十二月二十九日

（原载于1922年1月14日《时事新报·学灯》）

假如我是个作家

假如我是个作家，
我只愿我的作品
入到他人脑中的时候，
平常的，不在意的，没有一句话说；
流水般过去了，
不值得赞扬，
更不屑得评驳；
然而在他的生活中
痛苦，或快乐临到时，
他便模糊地想起
好像这光景曾在谁的文字里描写过；
这时我便要流下快乐之泪了！

假如我是个作家，
我只愿我的作品
被一切友伴和同时有学问的人
轻藐——讥笑；
然而在孩子、农夫，和愚拙的妇人，
他们听过之后，
慢慢地低头，

深深地思索，

我听得见“同情”在他们心中鼓荡；

这时我便要流下快乐之泪了！

假如我是个作家，

我只愿我的作品

在世界中无有声息，

没有人批评，

更没有人注意；

只有我自己在寂寥的白日，或深夜，

对着明明的月

丝丝的雨

飒飒的风，

低声念诵时，

能以再现几幅不模糊的图画；

这时我便要流下快乐之泪了！

假如我是个作家，

我只愿我的作品

在人间不露光芒，

没个人听闻，

没个人念诵，

只我自己忧愁，快乐，

或是独对无限的自然，
能以自由抒写，
当我积压的思想发落到纸上，
这时我便要流下快乐之泪了！

一九二二年一月十八日

（原载于1922年2月6日《晨报副镌》）

"将来"的女神

我抬头已瞥见了——
你桂花的冠子，
雪白的羽衣。
你胸前的璎珞，
是心血般鲜红，
泪珠般洁白。
你翅儿只管遨翔，
琴儿只管弹奏。
你怎的只是向前飞，
不肯一回顾？

你的光明的脸：
也许是欢乐，
也许是暗淡；
也许是微笑，
也许是含愁；
只令我迷糊恍惚——
你怎的只是向前飞，
不肯一回顾？
将来——
是海角，
是天涯，

天上——人间，
都是你遥遥导引——
你怎的只管向前飞，
不肯一回顾？

看——
只有飘飘云发，
铮铮琴韵，
飒飒天风；
如何——如何？
你怎的只管向前飞，
不肯一回顾？

一九二二年一月二十六日

向往

（为德诗人歌德[①]逝世九十周年纪念作）

万有都蕴藏着上帝，
万有都表现着上帝；
你的浓红的信仰之华，
可能容她采撷么？

严肃！
温柔！
自然海中的遨游，
诗人的生活，
不应当这样么？

在“真理”和“自然”里，
挽着“艺术”的婴儿，
活泼自由地走光明的道路。
听——听
天使的进行歌声起了！

先驱者！

---

① 歌德（1749–1832），德国的伟大诗人，德国古典文学和民族文学的主要代表。有诗歌、戏剧、小说、文艺理论、哲学、历史学等方面，均有卓著成就。代表作有《少年维特的烦恼》、《浮士德》、《维廉·麦斯特》等。

可能慢些走？

时代之栏的内外，

都是“自然”的宠儿呵！

在母亲的爱里

互相祝福罢！

一九二二年二月四日

（原载于1922年3月23日《时事新报·学灯》）

晚祷（一）

浓浓的树影
做成帐幕，
绒绒的草坡
便是祭坛——
慈怜的月
穿过密叶，
照见了虔诚静寂的面庞。
四无人声，
严静的天空下，
我深深叩拜——
万能的上帝！
求你丝丝地织了明月的光辉，
作我智慧的衣裳，
庄严的冠冕，
我要穿着它，
温柔地沉静地酬应众生。

烦恼和困难，
在你的恩光中，
一齐抛弃；
只刚强自己
保守自己，

永远在你座前
做圣洁的女儿，
光明的使者，
赞美大灵！

四无人声，
严静的天空下，
只慈怜的月
照着虔诚静寂的面庞。

一九二二年五月十二日

（原载1922年5月17日《晨报副镌》）

晚祷（二）

我抬头看见繁星闪烁着——
秋风冷冷地和我说：
这是造物者点点光明的眼泪，
为着宇宙的晦冥！”

我抬头看见繁星闪烁着——
枯叶戚戚地和我说：
“这是造物者点点光明的眼泪
为着人物的销沉！”

造物者！
我不听秋风，
不睬枯叶，
这一星星——点在太空，
指示了你威权的边际，
表现了你慈爱的涘涯。
人物——宇宙，
销沉也罢，
晦冥也罢，
我只仰望着这点点的光明！

一九二二年十月二十三日夜

（原载1922年11月4日《晨报副镌》）

哀词

他的周围只有“血”与“泪”——
人们举着“需要”的旗子
逼他写“血”和“爱”，
他只得欲哭地笑了。

他的周围只有“光”和“爱”，
人们举着“需要”的旗子，
逼他写“血”与“泪”，
他只得欲笑地哭了。

欲哭地笑，
欲笑地哭——
需要的旗儿举起了，
真实已从世界上消灭了！

一九二二年八月七日

（原载1922年8月19日《晨报副镌》）

十年

她寄我一封信，
提到了江南晚风天，
她说“只是佳景
没有良朋！”

八个字中，
我想着江波，
想着晚霞，
想着独立的人影。

这里是
只有闷雨，
只有黄尘，
只有窗外静沉沉的天。

我的朋友！
谁说人生似浮萍？
暂住……
一暂住又已是十年！

一九二二年八月十九日

（原载1922年8月26日《晨报副镌》）

使命

一个春日的早晨——
流水般的车上：
细雨洒着古墙，
洒着杨柳，
我微微地觉悟了我携带的使命。

一个夏日的黄昏——
止水般的院里：
晚霞照着竹篷，
照着槐树，
我深深地承认了我携带的使命。

觉悟——承认，
试回首！
是欢喜还是惆怅？
已是两年以后了！

一九二二年八月二十二日

（原载1922年8月26日《晨报副镌》）

纪事

——赠小弟冰季

右手握着弹弓，
左手弄着泥丸——
背倚着柱子
两足平直地坐着。
仰望天空的深黑的双眼，
是侦伺着花架上
偷啄葡萄的乌鸦罢？
然而杀机里却充满着热爱的神情！

我从窗内忽然望见了，
我不觉凝住了，
爱怜的眼泪
已流到颊上了！

一九二二年八月二十二日

（原载1922年8月27日《晨报副镌》）

歧路

今天没有歧路，
也不容有歧路了——
上帝！
不安和疑难都融作
感恩的泪眼，
献在你的座前了！

一九二二年九月一日

（原载1922年11月5日《晨报副镌》）

中秋前三日

浸人的寒光，
扑人的清香——
照见我们绒样的衣裳，
微微地引起了
绒样的悲伤。

我的朋友，
正是“花好，月圆，人寿”，
何来惆怅？
便是将来离别，
今夕何夕，
也须暂忘！

一九二二年九月二日夜

（原载1922年11月5日《晨报副镌》）

安慰（一）

我曾梦见自己是一个畸零人，
醒时独自呜咽。
因着遗留的深重的悲哀，
这一天中
我怜恤遍了人间的孤独者。

我曾梦见自己是一个畸零人，
醒时独自呜咽。
因着相形的浓厚的快乐，
这一天中
我更觉出了四围的亲爱。

母亲！
当我坐在你的枕边
和你说着这些时，
虽然是你的眼里满了泪，
我的眼里满了泪呵——
我们却都感谢了
造物者无穷的安慰！

一九二二年九月二十四日晨

（原载1922年10月13日《晨报副镌》）

安慰（二）

“二十年的海上，
我呼吸着海风——
我的女儿！
你文字中
怎能不带些海的气息！”

单调的忧惭，
都欢喜地消融在
这一句话里了！

一九二二年十月六日

（原载1922年10月13日《晨报副镌》）

十一月十一夜

严静的夜里——
猛听得远处
隆——隆，
是那里筑墙呢！

呀——是十一月十一夜……
想着炮声中
灯彩下的狂舞酣歌，
我的心渐渐地
沉——沉。

上帝，怜悯罢！
他们正筑墙呢！
这一声声中
墙基坚固了。
一块一块纪念的砖儿
向上垒积了，
和爱的世界区分了！
上帝，怜悯罢！
他们正筑墙呢！

一九二二年十一月十一日夜

（原载1922年11月23日《晨报副镌》）

致词

假如我走了，
彗星般的走了——
母亲！
我的太阳！
七十年后我再回来，
到我轨道的中心
五色重轮的你时，
你还认得这一点小小的光明么？

假如我去了，
落花般地去了——
母亲！
我的故枝！
明天春日我又回来，
到我生命的根源
参天凌云的你时，
你还认得这一阵微微的芬芳么？

她凝然……含泪地望着我，
无语——无语。
母亲！
致词如此，
累你凄楚——

万全之爱无别离，
万全之爱无生死！

一九二三年二月四日夜

（原载1923年2月15日《晨报副镌》）

解脱

月明如水，
树下徘徊——
沉思——沉思。
沉思里拾起枯枝，
慨然地鞭自己
地上月中的影子。

“人生”——
世人都当它是一个梦，
且是一个不分明的梦。
不分明里要它太分明，
我的朋友，
一生的忧患
从今起了！

珍惜她如雪的白衣，
却仍须渡过
这无边的黑海。
我的朋友！
世界既不舍弃你，
何如你舍弃了世界？
让她鹤一般的独立，

云一般的自由，
水一般的清静。
人生纵是一个梦呵，
也做了一个分明的梦。

沉思——沉思，
沉思里抛了枯枝，
悠然地看自己
地上月中的影子。

一九二三年二月五日夜

（原载1923年2月10日《晨报副镌》）

信誓

文艺好像射猎的女神，
我是勇猛的狮子。
在我逾山越岭，
寻觅前途的时候，
她——当胸一箭！
在她踌躇满志的笑声里，
我从万丈的悬崖上
倏然奔坠于
她的光华轻软的罗网之中。

文艺好像游牧的仙子，
我是温善的羔羊。
甘泉潺潺地流着，
青草遍地地长着；
她慈怜的眼光俯视着，
我恬静无声地
俯伏在她杖竿之下。

文艺好像海的女神，
我是忠诚的舟子，
寄一叶的生涯于
她起伏不定的波涛之上。

她的笑靥
引导了我的前途，
她的怒颦
指示了我的归路。

文艺好像花的仙子，
我是勤慎的园丁。
她的精神由我护持，
她的心言我须听取；
深夜——清晨，
为她关心着
无情的风雨。

彷徨里——
前无古人，
后无来者；
所言止此：
“为主为奴相终始！”

一九二三年三月十四日

（原载1923年3月18日《晨报副镌》）

纸船

——寄母亲

我从不肯妄弃了一张纸，
总是留着——留着，
叠成一只一只很小的船儿，
从舟上抛下在海里。

有的被天风吹卷到舟中的窗里，
有的被海浪打湿，沾在船头上。
我仍是不灰心地每天地叠着，
总希望有一只能流到我要它到的地方去。

母亲，倘若你梦中看见一只很小的白船儿，
不要惊讶它无端入梦。
这是你至爱的女儿含着泪叠的，
万水千山求它载着她的爱和悲哀归去。

一九二三年八月二十七日，于太平洋舟中

（原载1923年10月4日《晨报副镌》）

乡愁

——示HH女士

我们都是小孩子，
偶然在海舟上遇见了。
谈笑的资料穷了之后，
索然地对坐，
无言地各起了乡愁。

记否十五之夜，
满月的银光
射在无边的海上。
琴弦徐徐地拨动了，
生涩的不动人的调子，
天风里，
居然引起了无限的凄哀？

记否十七之晨，
浓雾塞窗，
冷寂无聊。
角儿里相挨地坐着——
不干己的悲剧之一幕，
曼声低诵的时候，
竟引起你清泪沾裳？

“你们真是小孩子，
已行至此，
何如作壮语？”

我的朋友！
前途只闪烁着不定的星光，
后顾却望见了飘扬的爱帜。
为着故乡，
我们原只是小孩子！
不能作壮语，
不忍作壮语，
也不肯作壮语了！

一九二三年八月二十七日，于太平洋舟中

（原载1923年10月6日《晨报副镌》）

远道

“青青河边草，
绵绵思远道——
远道不可思，
夙昔梦见之……”

一九二三年十一月十三日晨

［一］

反复地苦读着
父亲十月三日的来书，
当作最近的消息。
我泫然地觉出了世界上的隔膜！

［二］

十分地倦了么？
自己收拾着安息去罢，
如今不在母亲的身旁了。

［三］

半信半疑的心中充满了生意——
下得楼来，
因着空的信匣，
却诅咒了无味的生活。

［四］

万声寂然，
万众凝神之中，
我不听“倾国”的音乐，
却苦忆着初学四弦琴的弟弟。

［五］

信差悠然地关上了信柜，
微笑说“所有的都在这里了”，
我微微地起了战栗，
“这是何等残忍的话呵！”
勉强不经意地收起钥匙，
回身去看他刚送来的公阅的报。

[六]

从回家的梦里醒来，
明知是无用的，
却仍要闭上眼睛，
希望真境是梦，
梦境是真。

[七]

“我的父亲是世界上最好的爹爹，
母亲是最好的妈妈！”
在她满足的微笑里，
我竟起了无谓的不平。

[八]

“秋风起了，
不要尽到湖上去呵！”
为着要慰安自己，
连梦中母亲的话语
也听从了！

［九］

如夜夜都在还乡的梦里，
二十四点钟也平分了，
可怜并不是如此！

［一〇］

隔着玻璃，
看见了中国的邮票。
这一日的光阴，
已是可祝福的！

［一一］

经过离别，
我凄然地承认了
许多诗词
在文学上的价值。

[一二]

信和眼泪，
都在敲门声中错乱地收起，
对着凝视着我的她，
揉着眼睛
掩饰地抱怨着烦难的功课。

[一三]

朋友心中，
个个说着别离苦，
弟弟书来，
却只是欢欣鼓舞。
我已从喜乐的字里，
寻出泪珠了！

[一四]

离开母亲三个月了，
竟能悠悠地生活着！
忙中猛然想起，
就含泪地褒奖自己的坚强。

［一五］

她提着包儿，
如飞地走下楼来，
“忙什么？”
“再见，我回家去。”
这一答是出乎意外似的，
我呆立了半晌……

［一六］

“生活愉快吗？”
“愉快……”
是笑着回答的上半句；
“只是想家！”
是至终没有说出的下半句。

［一七］

乱丝般的心绪，
都束在母亲的一句话里，
“自己爱自己！”
是的，为着爱自己，

这不自爱的笔儿

也当停止了！

（原载1923年12月17日、20日、22日《晨报副镌》）

倦旅

灯已灭了，
残花只管散着余香。
欹枕处——
只一两声飞雨
打着窗户。
听得此事，
一切的心都淡了！

新月未落，
朝霞已生，
蒙蒙里——
一颗曙星
躲避天光似的
穿着乱云飞走。
好辛苦的路途啊！
看到此时，
一切的心都淡了！

银海般的雪地，
怒潮般的山风——
这样的别离！
山外隆隆的车声，

不知又送谁人远去。
听到此时，
一切的心都淡了！

鼓励的信，
寄与了倦慵的人！
事违初意皆如此！
一书在手，
湖光睡去，
星辰渐生——
看到此时
一切的心都淡了！

（原载1924年2月12日《晨报副镌》）

赴敌

I was ever a fighter，so–one fight more,

The best and the last.

—R.Browning—

晓角遥吹，

催动了我的桃花骑。

他奋鬣长鸣

耸鞍振辔，

要我先为备。

哪知道他的主人

这次心情异？

我扶着剑儿，

倚着马儿，

不自主地流下几点英雄泪！

残月未坠，

晓山凝翠——

湖上的春风

吹得我心魂醉。

休想杀得个敌人，

我无有精神——

昨夜不曾睡！

我扶着剑儿，
倚着马儿，
不自主地流下几点英雄泪！

昨夜灯筵，
几个知人意？
朋友们握手拍肩，
笑谈轻敌，
只长我骄奢气。
如今事到临头，
等闲相弃！

我扶着剑儿，
倚着马儿，
不自主地流下几点英雄泪！

朝阳在地，
鸟声相媚。
迷胡里捧起湖泉
磨着剑儿试。
百战过来，
谁知此次非容易？

我扶着剑儿，
倚着马儿，
不自主地流下几点英雄泪！

晓角再吹，
余音在树，
远远地敌人来也！
匹马单刀，
仓皇急遽，
他也无人相助！

向前去，
生生死死无凭据！

家山何处？
一别便成落花飞絮！
等着些儿，
让我写几个字儿
托一托寄书使。
拜告慈亲，
暴虎冯河
只为着无双誉。

向前去，
生生死死无凭据！

晓光下定神静虑，
把往绩从头细数。
百万军中
也曾寻得突围路。
这番也只要雄心相助，
勇力相赴！

向前去，
生生死死无凭据！

轩然一笑，
拔刀相顾，
已半世英名昭著，
此战归来，
便是安心处！

向前去，
生生死死无凭据！

一九二五年四月二十九日晨，于娜安辟迦楼

（原载于《语丝》1925年第32期）

我曾

我曾梦摘星辰，
醒来一颗颗从我指间坠落；
觉悟后的虚空呵，
叫我如何不惆怅？

我曾梦撷飞花，
醒来一瓣瓣从我指间飘散；
觉悟后的虚空呵，
叫我如何不凄怆？

我曾梦调琴弦，
醒来一丝丝从我指间折断；
觉悟后的虚空呵，
叫我如何不感伤？

我曾梦游天国，
醒来一片一片河山破碎；
觉悟后的虚空呵，
叫我如何不怨望？

一九二九年四月二十二日

（原载1924年5月《燕大月刊》第4卷第3、4期合刊）

惊爱如同一阵风

惊爱如同一阵风，
在车中，他指点我看
西边，雨后，
深灰色的天空，
有一片晚霞金红！

睡了的是我的诗魂，
再也叫不觉这死寂的朦胧，
我的心好比这深灰色的天空，
这一片晚霞，是一声钟！

这一片晚霞是一声钟，
敲进我死寂的心宫，
千门万户回响，
隆——隆，
隆隆的洪响惊醒了我的诗魂。

惊爱如同一阵风，
在车中，他指点我看
西边，雨后，

深灰色的天空，

有一片晚霞金红。

一九三一年七月十六日，在车中

（原载1931年10月20日《北斗》第2期）

一句话

那天湖上是漠漠的轻阴，
湿烟盖住了泼剌的游鳞。
东风沉静地抚着我的肩头，
“且慢，你先别说出那一句话！”

那夜天上是密密的乱星，
树头栖隐着双宿的娇禽。
南风戏弄地挨着我的腮旁，
“完了，你竟说出那一句话！”

那夜湖上是凄恻的月明，
水面横飞着闪烁的秋萤。
西风温存地按着我的嘴唇，
“何必，你还思索那一句话？”

今天天上是呼呼的风沙，
风里哀唤着失伴的惊鸦。
北风严肃地擦着我的眼睛，
“晚了，你要收回那一句话？”

一九三六年二月三日

生命

莫非你冷，
你怎秋叶似的颤抖；
这里风凉，
待我慢慢拉着你走。

你看天空多么清灵，
这滴滴皎洁的春星；
新月眉儿似的秀莹，
你头上有的是快乐，光明。

你看灯彩多么美妙，
纺窗内透出桔色的温柔；
这还不给你一些儿温暖？
纵然你有海样的深愁。

看温情到了你指尖，
看微笑到了你唇边——
你觉得生命投到你怀里不？
你寻找了这许多年。

一九四二年春月，歌乐山

（原载于1942年11月《妇女新运》第4卷第9期）

别踩了这朵花

小朋友，你看，
你的脚边，
一朵小小的黄花。
我们大家
绕着它走，
别踩了这朵花。

去年有一天：
秋空明朗，
秋风凉爽。
它妈妈给它披上
一件绒毛的大氅，
降落伞似的，
把它带到马路边上。

冬天的雪，给它
盖上厚厚的棉衣，
它静静地躺卧着，
等待着春天的消息。

这一天，它觉得
身上润湿了，

它闻见泥土的芬芳；
它快乐地站起身来，
伸出它金黄的翅膀。

你看，它多勇敢，
就在马路边上安家；
它不怕行人的脚步，
它不怕来往的大车。

春游的小朋友们，
多么欢欣！
春风里飘扬着新衣，
——新裙，
你们头抬得高，
脚下得重，
小心在你不知不觉中，
把小黄花的生机断送；
我的心思你们也懂，
在春天无边的快乐里，
这快乐也有它的一份！

（原载1957年4月25日《中国少年报》）

雨后

嫩绿的树梢闪着金光，
广场上成了一片海洋！
水里一群赤脚的孩子，
快乐得好像神仙一样。

小哥哥使劲地踩着水，
把水花儿溅起多高。
他喊："妹，小心，滑！"
说着自己就滑了一跤！

他拍拍水淋淋的泥裤子，
嘴里说："糟糕——糟糕！"
而他通红欢喜的脸上，
却发射出兴奋和骄傲。

小妹妹撅着两条短粗的小辫，
紧紧地跟在这泥裤子后面，
她咬着唇儿，
提着裙儿，
轻轻地小心地跑，
心里却希望自己
也摔这么痛快的一跤！

（原载1959年6月27日《光明日报》）

图书在版编目（CIP）数据

繁星·春水 / 冰心著. -- 南京 : 江苏凤凰文艺出版社，2017.10
ISBN 978-7-5594-1042-9

Ⅰ. ①繁… Ⅱ. ①冰… Ⅲ. ①诗集—中国—现代 Ⅳ. ①I226

中国版本图书馆CIP数据核字(2017)第214985号

书　　名	**繁星·春水**
作　　者	冰　心
选题策划	北京记忆坊文化
策划编辑	钱　丽
责任编辑	姚　丽
绘　　图	三　乖
封面设计	80零·小贾
版式设计	段文婷
出版发行	江苏凤凰文艺出版社
出版社地址	南京市中央路165号，邮编：210009
出版社网址	http://www.jswenyi.com
印　　刷	环球东方(北京)印务有限公司
开　　本	880毫米×1230毫米　1/32
字　　数	90千字
印　　张	6.5
版　　次	2017年10月第1版，2019年8月第5次印刷
标准书号	ISBN 978-7-5594-1042-9
定　　价	26.00元

江苏凤凰文艺版图书凡印刷、装订错误可随时向承印厂调换